PAN Y MERMELADA PARA FRANCISCA

Por RUSSELL HOBAN

Ilustraciones de LILLIAN HOBAN

Traducido por Tomás González

HarperCollins*Publishers*

rayo

rayo

una selección de los títulos más populares.

Mis cinco sentidos (My Five Senses) • Aliki

Buenas noches, Luna (Goodnight Moon) • Margaret Wise Brown/Clement Hurd

El conejito andarín (The Runaway Bunny) • Margaret Wise Brown/Clement Hurd

La mariquita malhumorada (The Grouchy Ladybug) • Eric Carle

Pan y mermelada para Francisca (Bread and Jam for Frances) • Russell Hoban/Lillian Hoban

La hora de acostarse de Francisca (Bedtime for Frances) • Russell Hoban/Garth Williams

Llaman a la puerta (The Doorbell Rang) • Pat Hutchins

Harold y el lápiz color morado (Harold and the Purple Crayon) • Crockett Johnson

¡Salta, Ranita, salta! (Jump, Frog, Jump!) • Robert Kalan/Byron Barton

Si llevas un ratón al cine (If You Take a Mouse to the Movies) • Laura Numeroff/Felicia Bond

Si le das un panecillo a un alce (If You Give a Moose a Muffin) • Laura Numeroff/Felicia Bond

Si le das una galletita a un ratón (If You Give a Mouse a Cookie) • Laura Numeroff/Felicia Bond

Si le das un panqueque a una cerdita (If You Give a Pig a Pancake) • Laura Numeroff/Felicia Bond

Donde viven los monstruos (Where the Wild Things Are) • Maurice Sendak

Se venden gorras (Caps for Sale) • Esphyr Slobodkina

Un sillón para mi mamá (A Chair for My Mother) • Vera B. Williams

Harry, el perrito sucio (Harry the Dirty Dog) • Gene Zion/Margaret Bloy Graham

Rayo is an imprint of HarperCollins Publishers

Bread and Jam for Frances
Text copyright © 1964 by Russell C. Hoban; renewed 1992 by Russell C. Hoban
Illustrations copyright © 1964 by Lillian Hoban; renewed 1992 by Lillian Hoban
Translation by Tomás González. Translation copyright © 1995 by HarperCollins Publishers
Manufactured in China All rights reserved.

Library of Congress Cataloging-in-Publication Data
Hoban, Russell.
[Bread and jam for Frances.   Spanish]
Pan y mermelada para Francisca / por Russell Hoban ; Ilustraciones de Lillian Hoban ;
traducido por Tomás González.
p.   cm.
Summary: Frances decides she likes to eat only bread and jam at every meal until—to her surprise—
her parents grant her wish.
ISBN 0-06-443403-6
[1. Badgers—Fiction.   2. Food habits—Fiction.]   I. Hoban, Lillian, ill.   II. González, Tomás, date.
III. Title

[PZ7.H5578   1995]   94-35011
[E]—dc20   CIP
                                                                                                                            AC

3   4   5   6   7   8   9   10
❖
Revised Spanish Edition, 2002

Visit us on the World Wide Web!
www.harperchildrens.com

Para Julia,
a quien le gustan
las legumbres

Era la hora del desayuno
y todos estaban sentados a la mesa.
Papá comía un huevo,
Mamá comía un huevo
y Gloria, en una sillita alta, también comía un huevo.
Francisca comía pan con mermelada.
—¡Qué delicioso huevo! —dijo Papá—.
Si hay algo que me gusta en el desayuno,
es un huevo pasado por agua.
—Sí —dijo Mamá, dándole una cucharada de huevo
al bebé—. Es lo mejor para empezar bien el día.
—¡Aguú! —dijo Gloria y se comió el huevo.
Pero Francisca no tocaba el suyo.
Se limitaba a cantarle una canción.

En voz baja le cantaba:

No me gusta cómo resbalas
Ojalá tuvieras alas
No quisiera tener que verte
Y mucho menos comerte.

—¿Qué dijiste, Francisca? —preguntó Papá.

—Nada . . . —contestó ella.

—¿Por qué insistes en comer sólo pan y mermelada cuando tienes un delicioso huevo pasado por agua? —preguntó Papá.

—Me gusta el pan con mermelada porque no se resbala por la cuchara —dijo Francisca.

—Por supuesto que no todos prefieren comer huevos
pasados por agua en el desayuno —dijo Papá—.
Pero recuerda que hay otras maneras de preparar el
huevo.

Hay huevos fritos, por ejemplo, y los hay revueltos.

—Sí —dijo Francisca—. Los huevos fritos te miran con
ojos raros desde el plato.

—¿Y los huevos revueltos? —preguntó Papá.

—Los revueltos se resbalan del tenedor y se caen debajo
de la mesa.

—Creo que ya es hora de que vayas para la escuela
—dijo Mamá.

Francisca tomó sus libros, su fiambrera y su
cuerda de saltar.
Se despidió de Papá y de Mamá con un beso,
y se dirigió a la parada del autobús.

Mientras esperaba el autobús, Francisca saltaba y
cantaba:

Mermelada en las galletas, mermelada en las tostadas,
Para mí no hay nada más rico que la mermelada.
Es pegajosa, es dulce y muy sabrosa.
Es deliciosa, es un placer. ¡Qué le voy a hacer!
De frambuesas, de cerezas y de todos los sabores
¡A mí, la mermelada me gusta horrores!

Esa noche, Mamá preparó chuletas de ternera
empanadas, legumbres y papas al horno.

—¡Ah! —dijo Papá—. ¡Nada luce tan bien, ni huele tan
rico, ni sabe tan sabroso como las chuletas de ternera!

—Es un plato delicioso, ¿verdad? —dijo Mamá—.
Cómete las legumbres, Gloria.

—¡Aguú, aguú! —contestó Gloria.

Ella ya había terminado de comer carne y puré de batata,
pero como le gustaban tanto las legumbres, se las comió.

—¿De dónde vienen las chuletas de ternera?
—preguntó Francisca—.
¿Y por qué se llaman legumbres las legumbres?
—Otro día hablaremos de eso —dijo Papá—.
Ahora, vamos a cenar.
Francisca miró su plato y comenzó a cantar:

Antes de ser empanadas, las chuletas de ternera,
¿Cómo van ataviadas?
¿Con batas de franela? ¿Con botas de vaquero?
¿Con abrigos de tela? ¿Con trajes de marinero?

Puso una gruesa capa de mermelada
sobre una rebanada de pan y le dio un mordisco.
—Francisca no prueba *nada* nuevo —le dijo Mamá a
Papá—.
Sólo come pan y mermelada.
—¿Cómo sabes que algo no te gusta si no lo pruebas?
—preguntó Papá.
—Pues bien —dijo Francisca—,
hay muchas cosas para comer
y todas tienen distinto sabor.
Pero cuando como pan con mermelada
me gusta el sabor y eso me pone contenta.
—Trato de ponerte cosas diferentes en la fiambrera
—dijo Mamá—. Hoy, por ejemplo, te puse un bocadillo
de ensalada de pollo.

—Vamos a ver, no me dirás que no te gustó
—dijo Papá.

—No lo sé —dijo Francisca—. Se lo cambié a Albertico.

—¿Por qué cosa se lo cambiaste? —preguntó Papá.

—Por pan y mermelada —respondió ella.

Al día siguiente, Papá se sentó a desayunar y dijo:

—¡Esto sí que es un espléndido espectáculo!

Jugo de naranja natural y huevos escalfados sobre una tostada.

¡Magnífico desayuno!

—Gracias —dijo Mamá—.

Los huevos escalfados sobre las tostadas

se ven muy bonitos, ¿verdad?

Francisca comenzó a cantarles una canción

a los huevos escalfados:

> *Huevos escalfados, huevos escalfados*
> *¿por qué tiemblan así, como asustados?*

Y al ver su plato comprobó que no tenía huevo escalfado.

—No me sirvieron huevo —dijo—.

Sólo tengo jugo de naranja.

—Ya lo sé —dijo Mamá.

—¿Y por qué? —preguntó Francisca—.

Todos los demás tienen huevo.

Hasta Gloria tiene huevo escalfado

y eso que ella no es mas que un bebé.

—No te gustan los huevos, ¿verdad?

Por eso no te hice huevo escalfado.

Si tienes hambre, come pan y mermelada —dijo Mamá.

Así lo hizo y se fue a la escuela.

Cuando sonó la campana para el almuerzo,
Francisca se sentó al lado de su amigo Albertico.
—¿Qué te pusieron hoy? —preguntó ella.
—Un bocadillo de queso, pepino y tomate en pan
de centeno —dijo Albertico—. Y un encurtido.
Un huevo duro y sal. Y un termo con leche.

Y un racimo de uvas y una mandarina.

Y un flan con una cucharita para comerlo.

¿Y a ti?

Francisca abrió su fiambrera.

—Pan y mermelada —dijo—.

Y leche.

—¡Qué suerte tienes! —dijo Albertico—.

¡Eso es lo que te gusta! Hoy no tendrás que cambiar.

—Así es —dijo Francisca—. Anoche cené pan con mermelada y hoy desayuné lo mismo.

—¡Qué suerte tienes! —repitió Albertico.

—Sí —dijo Francisca—. Supongo que sí. Pero *si tú quieres*, cambio contigo.

—Por mí no te preocupes —dijo Albertico—, *me encanta* el queso con pepino y tomate en pan de centeno.

Albertico sacó dos servilletas de su fiambrera, se colocó una bajo el mentón y extendió la otra sobre el pupitre, como un mantel.

Colocó su almuerzo cuidadosamente sobre la servilleta.

Rompió la cáscara del huevo duro con la cuchara.

Peló el huevo y mordió sólo una punta.

Le echó un poco de sal a la yema y volvió a colocarlo sobre la servilleta. Desenroscó la tapa del termo y la llenó de leche.

Ya estaba listo para almorzar.

Le dio un mordisco al bocadillo,
otro al encurtido, se comió un pedazo del huevo duro
y bebió un sorbo de leche.
Le puso un poco más de sal al huevo
y comenzó de nuevo a comer de todo un poco,
para que no se le terminara una cosa primero que la otra.

Comió las uvas y la mandarina.

Echó al cesto de basura el papel de cera del bocadillo,
las cáscaras del huevo y de la mandarina.

Colocó el flan sobre el pupitre, en el centro de la servilleta.

Tomó la cuchara y se lo comió todo.

Dobló las servilletas y las guardó.

Retiró el salero y la cuchara.

Enroscó la tapa del termo.

Cerró la fiambrera,
la guardó dentro del pupitre y suspiró.

—¡No hay nada mejor que un buen almuerzo! —dijo Albertico.

Francisca se comió el pan con mermelada y se bebió la leche.

Entonces, Francisca salió al patio a saltar la cuerda.
Mientras saltaba, cantaba:

Mermelada en la mañana,
al almuerzo y en la cena.
Mermelada todo el día.
Mermelada, ¡qué alegría!

Cuando Francisca regresó de la escuela, Mamá le dijo:
—Sé que cuando llegas del colegio te gusta merendar.
Por eso, te he preparado algo de comer.
—¡*Me encanta* merendar! —dijo ella y corrió a la cocina.
—Aquí tienes —dijo Mamá—. Un vaso de leche
y un delicioso pan con mermelada.

—¿No te preocupa que me pueda enfermar
o que se me caigan los dientes por comer
tanto pan y mermelada? —preguntó Francisca.
—No lo creo —contestó Mamá—.
Así que come y disfrútalo.
Francisca comió el pan con mermelada,
pero no lo quiso terminar y salió a saltar la cuerda.

Saltaba un poco más despacio que a la hora del almuerzo,
y cantaba:

Mermelada, mermelada,
de comida y de merienda.
Dulce y rica mermelada
en los potes, en las tiendas.

Esa noche, Mamá preparó espagueti
con albóndigas en salsa de tomate.
—¡Qué bueno que hay suficiente
para poder repetir!—dijo Papá—.
Espagueti es uno de mis platos preferidos.

—A todos les gustan los espagueti con albóndigas
—dijo Mamá—. Come espagueti, Gloria.
—¡Hmm! —dijo Gloria saboreándolos.
Entonces Francisca miró su plato
y no vio ni espagueti ni albóndigas;
sólo una rebanada de pan y un pote de mermelada.
Empezó a llorar.

—¡Vaya! —dijo Mamá—. ¡Francisca está llorando!

—¿Qué te pasa? —preguntó Papá.

Francisca miró su plato y comenzó a cantar en voz tan baja
que Mamá y Papá casi no podían oírla:

Lo que pasa es que estoy cansada.
Muy cansada,
de comer tanto pan con mermelada.

—Quiero espagueti con albóndigas —dijo—.
¿Puedo comer un poco? Por favor.

—No tenía idea de que te gustaban los espagueti con albóndigas
—dijo Mamá.

—¿Cómo pueden saber lo que me gusta si ni siquiera
me preguntan? —dijo Francisca, secándose las lágrimas.
Mamá le sirvió un plato de espagueti con albóndigas
y Francisca se lo comió todo.

Al día siguiente, cuando sonó la campana para el
almuerzo, Albertico dijo:

—¿Qué traes de almuerzo?

—Mira —dijo Francisca, mientras extendía sobre el
pupitre una servilleta floreada y colocaba en el centro
un pequeño florero con violetas—.

Francisca sacó su almuerzo y lo ordenó en la servilleta.

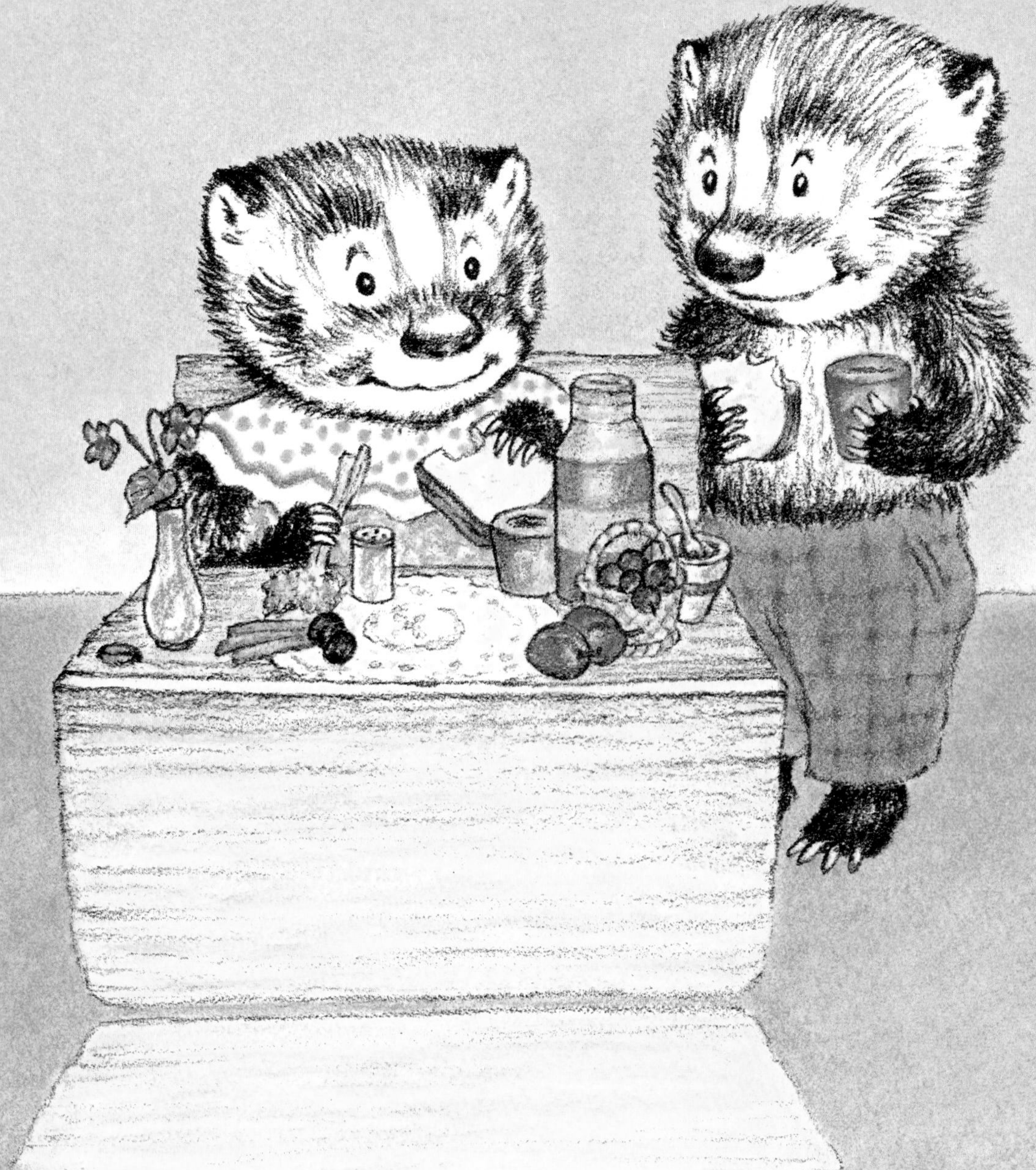

—Tengo un termo con sopa de tomate,
y un bocadillo de ensalada de langosta.
Tengo apio, zanahoria y aceitunas negras,
y un salerito para el apio.
Tengo dos ciruelas y una cestita con cerezas.
Tengo natilla espolvoreada con chocolate
y una cucharita para poder comérmela.
—¡Excelente almuerzo! —dijo Albertico—.
Yo pienso que es agradable comer diferentes
cosas en el desayuno, el almuerzo, la merienda y la cena.
En realidad, a mí me gusta comer.
—A mí también —dijo Francisca,
y comenzó a comer de todo un poco para que no se le
terminara una cosa primero que la otra.

Fin